真爱

自由体十四行诗

林和凡 著

西泠印社出版社

谨以此书献给我的爱人和世上

每一位虽历经曲折和伤害

却依然相信爱情

追寻真爱

践行挚爱的朋友

目 录

第1首

一个念头到来了便再也无望赶走，
在我思想的尽处树立起爱的形象，
无论外界的风雨怎样努力洗刷，
鲜润的画面总归也毫无坏损，随着
消逝的年月，那模样倒越发清纯动人。
有时我也会变得疑虑，不安地对
自己询问，真的，这就是常人所道的爱？
旋即有个声音狠狠地抛向我：
难道你不再对上苍信赖？
去看看镜中的憔悴，听听灵魂里的哭泣。
垂落了迷惑的翅膀，于是我明白，
即使用墨涂黑了画页，让世人和我一样
看不清从前的面目，那爱的形影也会像
裹着黑色纱丽的情人，满含怨愤地伫候。

第2首

神圣的地位和荣光，这些我都不要，
把它赐给年长者吧，年轻的生命里，
拥有的只是躁动不安的春情。
我常常为之自豪，来自真正天使的爱
会如此突然出现，不由分说
推我步入一个陌生的境地，而我
好似身不由已的流浪汉，面对满目荒凉，
起初涌上一线悲哀，为着逝去的自由，
而后渐渐领悟，我已经跻身一扇巨大的
幸福之门，单等阳光从里边透出。
感谢上天的指引，教我将迷茫的视线
从斑斓的街市挪开，投落到此处
僻静的园邸，远离了茫茫人海，
又教我以耐心，一遍遍将泪水拭去。

第3首

不仅仅是歌声让人留恋，
粗犷的胸膛，承载流金岁月，
那是怎样的全心托付，将自己
生生阻挡出爱的视线，目光所及，
陌生得难以辨认，身心像被施了魔法，
所有的界域回荡的只有一个名字。
白天和黑夜连接的画页跨越时空，
气贯长虹，仿佛要向三界昭示，
冥冥前生和漫漫来世都在指向现实
无处可逃的相遇。只消一个眼神
就确定了我的心，从此与自由无缘。
思念就像真理一般，郑重其事，
空气从此迷漫的是你的气息，
磁性和厚重的遐思一起洪亮。

第4首

原先我那么珍视自己，大捧的鲜花
紧紧地抱在胸口，嗅着缕缕芬芳，
赏着精致可爱的尤物，尽管把
小巧的闺房装点得姹紫嫣红。
从未想象裙裾会从高耸的塔顶上
盘旋而下，扶着雕凿考究的画阑，
望一眼窗外的烟火而心生波澜。
然而，当青春的邂逅不期而至，
一切都变得面目全非，顾不得
细数上天的偏爱，盘点每日的温存，
不再钟情于床头冰冷的妆镜，
脑海中终日浮现着你淡定的身影，
那低沉的声线、沉稳有度的举止，
翻来覆去地，令我深深陶醉其中。

第5首

原以为一切都该结束，你不再
介意我的愁苦，刚刚出世的爱啊，
在另一阵突袭的爱的香风中窒息。
你怎能明了那场凄苦的等待，
在无力的春风里挣扎着坚守，多难啊！
希望几乎抵不住莫名的绝望，
白昼里跌落的灵魂在深夜又悄悄爬起，
每天我都不止一遍地对自己说：
“不，你不会这样轻易撇下我。”
你的爱，曾经如此清楚地在阳光下昭示，
我记着从你温柔的眼中投掷来的
第一束爱情的光芒，那真挚的鲜艳
一看便叫人深信不疑——此情此恋
躲在孤寂中已熬过多少个日子的相思。

第6首

我还是觉得幸福，每天每天怀着
浓郁的心愿将你记起，恍惚里想见
爱神将你夜夜的素描挂在我的窗前，
唤我仔细端详你漂泊的故事，
离了我伤心的映衬是否依旧精彩，
你身后大片荒芜的原野是否焦虑地
等待爱的耕耘。天使般的人儿，
让我孤独地面对这场对峙，
无牵无挂地奔赴爱的领域，而你却
凭借藏身的魔法在相思的树林间
来去自由，这剧目分明极不对称，
然而，我在你残留的魅力下难以自拔，
无力折断想象的翅膀，穿越战线，
看一个流浪的形影，从天边又到天边。

第7首

如今我无所期待，那些个妄想
已不敢从地上捡起，像从前
捧在胸口，甜蜜地，甜蜜地，想象
你将会送来的爱情——不论是眼神
还是轻轻的絮语，我都不敢再作揣测。
否则，这时光我倍感欣慰，
有神思携来你的音容，还有
夜间的梦幻作证，告诉我你也是
日日不得安宁，忽高忽低的心绪
围着一个人所不知的秘密，哈，
这回我真的心花怒放。然而消息传来，
你的世界依然光明有加、香花馥郁，
烦恼也与我毫不相干，那样岂不
失望更甚，这滋味我可不愿再度品尝。

第8首

你走了，这又有何相干？整个身心
依然沐浴着你的光辉，如同刚才
你我相向而视的情景，我对着
面前的影子撒落最初的一瞥星光，
等待沉默中溅起细碎的足音。
我记着你离去的背影，全然散了灵气，
似乎把一切都挽留在相聚的瞬息。
开了又开的心花，此刻并不愿收敛，
丰满自恋的叶瓣，陷入荒凉。
我郑重地捧着半遮半敞的心，
深恐失手碎了这玲珑的意境，
好让气息柔弱无主，缭绕又缭绕。
潜心于恍惚的照耀，有个念头
异常清醒：这光芒我知道来自何方。

第9首

是真的爱情，就该是谦卑的，
把先前自怜自恋的习气一扫而尽，
腾出那把骄傲尊贵的圣椅，
等候心目中的爱人前来占据。
谁能想象此前的情景，膨胀的自我
于世人面前怀着怎样傲慢之心，
矫情恣意的风姿令多少过来人
摇头叹息。浅薄这一回撞见了爱，
在最初的晕眩里尚未清醒，
还未细细咀嚼，破译走形的密码，
便一口咬定幻想中的爱仓促来临。
往日犀利的容颜顿时收了锋芒，
低垂眉目，露出温顺的模样，
偷偷地，还为自己的性情羞愧不已。

第10首

多么奇怪的念头，我想从此不再
与你相会，让一条人间的天河将我们
无情隔绝，你在那头却能望见我，
而我柔婉的歌声也能凭借风儿
毫不费力地注入你的心池。只是不论
思念的焦灼怎样深深刺痛我，
上苍也没法将你带到我的身旁，
无法再使两双颤抖的手握紧，
让我在你耳边轻轻重复那永不会
成为绝响的旋律。就此我们真的受难了，
做了天各一方的情人，像从前
哼唱的无数恋歌里描绘的情景，
或许这时你终于放下你的孤傲，为了表示
急切的爱，将飞吻不断向我抛来。

第 11 首

与其有幸获得上苍的慈爱，
还不如倾听你亲手制作的乐章，
望着饱满的思绪描绘出一连串
华丽而夸张的景致，我情不自禁
越过浮现的华彩，想象先前的你
也是黯然神伤，围绕襁褓中
刚刚诞生的爱情，任它在惶恐不定中
脆弱成长。一样的落难者啊，
相恋如此竟还无力确认对方的心迹，
宁愿在掩饰中独受煎熬。
你是否也在苦苦猜测，从每一个
含糊的眼神里寻找谜底，好像我
不能满足于阵阵爽朗的笑声，极力在
怡然下面发现真情，看到爱的存在。

第12首

亲爱的，你能说这也是一种乐趣？
渴望已久的幸福，当她果真急切地
扑向你，高喊你的名字，要求你
张开热烈的双臂接受，冷不丁
见你扭过头，还送来几声朦胧的词句，
似乎表明你不甘与我为伍。其实，
我早该了解你的爱只因我的照耀
才变得明亮异常，本意不外乎
对我的执着表示感谢。一旦我放心
走离你的生活，单单顾念着把心中的
爱情培育成熟，以为这一来便有了
正式身份，能与你交往，哪知道
狂妄无知铸成大错，空白的岁月
很快耗尽了你刚刚积蓄起来的愿望。

第13首

泪水浸湿的梦在睡眠里蜷缩，
好似蒙受委屈的孩子，挨到了夜晚
依旧担惊受怕。这情形谁听了
都会泛上一缕凄凄的怜悯，然而，
你却将满握的阳光轻易抛送，
似乎我的感受只是过期的装点，
不必提起精神来矜矜打量。
算了，你还是收起轻飘的言语，
不必牢记先前的错觉如何打扰过
我的内心，相信生活还未偏离，
上苍不会遗忘对你重新的指引。
走吧，亲爱的，带上如风的回忆，
让我再也见不到你毫不经意的眼色，
那时就剩了梦，还在轻轻将我折磨。

第14首

爱人啊，自从证实了对你的情意，
那颗腼腆的心便与你的心重叠，
自然你不能明白，当你还在蓬勃的
生命里感受独自的愉悦，我已经
开始体验两个人的悲哀，为着天空
不时集结的阴霾发出低低的叹息。
这颗心如此决然地抛下了自己，
其实，对爱的前程亦是一无所知，
不过以你惯常的作风，我相信
返回的信号不会令人失望，即使是
注定到来的厌倦也会经历几番体恤。
辗转的苦恋，受了感动的上界
都会派遣使者送来无限慰藉，
何况是你，被我爱极了的真实的完人。

第15首

我的心是不会变凉的，永远不会！
哪怕你冷漠的脸终于换上不屑，
重重地，对我的痴念报以痛快的嘲笑，
我也会无怨地忍受，沉默无语，
看着你英俊的身姿还像从前一样
自由无束，连同串串轻快的歌声
从嘴里飘落。无疑我会独自饮泪，
却不会再度贸然走近，只要你
依然微笑，依然保持优美的缄默，
我将一直等候，无论时光多久多长。
也许当我的生命行将完结，至尊的爱
还未来临，即使那样我也绝不后悔，
我宁愿在阴冷的坟墓里作最后的遐想，
也不在祷告声中熄灭至高无上的爱。

第16首

想象着，某一天上苍欣然将我收回，
可怜的心还没有等到你亲口的盟誓，
在此之前，我一直以明日的情景
告慰失意的灵魂。然而死神将我
抢先劫走，不由分说断了你我的未来。
亲爱的，我不抱怨，只想知晓那一刻
你是否打算继续隐瞒，依旧保留
独有的冷静，好像其余的悼念者，
同为失去一份友谊而唏嘘。这等说来，
我的死讯并不能赐给你勇气，
在最后的场合也无意公开爱人的身份，
那让我先走吧，在无限神往中离开，
终归是幸福，带着至死不渝的爱，
在上苍的怀抱里聆听你的祝福。

第17首

我明白你的期望，看着身旁擦肩而过
双双对对的情人，便涌起颤颤的思念，
在被你大大美化了的形象上
勾勒出你的爱情。日复一日，
这印象变得坚定不移，甚至当我
果真站在你的跟前，表现出来
也并非如想象般尽善尽美，
你也分明感到我的惶恐不安，
而你却拿出一副满不在乎的神气，
像是安慰我：这可不是你天性的作为。
受了意外的鼓励，我停下踌躇，
让宠爱的心对着宽容的眼光发誓：
既然你将世上最亮的光环加于我的头顶，
亲爱的，我怎可辱没这无上的信任。

第18首

然而，我又怀疑这样支撑下来，
我的意志能否如你的目光那般坚定，
在现实的气氛中重复你的要求，
为的是安抚你美妙的想象。那些个
被无限夸大的德行，我可是能从
亲密的呼吸间领会到，如此爱的笼罩
常常令人感到窒息。我得承认，
我害怕你的赞美带有太多太深
梦中天使的痕迹，你热烈的凝望
会随时光的推移而逐渐黯淡。
爱人儿，请运用你最冷酷的表情，
即使在最温柔的刹那，我的善良
和青春的容颜真的能合乎你的心意，
在弥久的期待中落下清晰的锤音。

第19首

亲爱的，亲爱的——我爱你！
噢，这陈词滥调连我都厌恶，
多少人这么提来着，似乎连想都不想
就能信口道来，何必我再加入，
也和他们一起唱着同样的曲儿，
一遍一遍，让饱满的歌声渐渐低落，
麻木的感觉再也记不起当初
是怎样的心情。那好吧，我放弃
惯常的誓言，不向你或世人大模大样地
宣称，让缄默成为另一道风景。
我的确不愿为此失去立场，交出
一直来引以为豪的旗帜，只是你能否
有足够的悟性及耐心，穿越风雨清寂，
一样能领略到恒久无言的风情。

第20首

倘若上苍当真这么寡义薄情，
对你我单独的追寻无法兼顾，
那么，我会放低姿态，把早年
培植的梦想在风中一点点揉碎，
飘散的灵感折了身，又转向你，
它亦甘愿加入你蓬勃的未来。
只是千万别低估我的才情，听听
周遭泛滥的惋惜。沉迷你的世界，
常常被一个催促的声音惊醒，
我当真愿意割舍自己来成全你，
辜负期待，追随一份空旷的爱情？
这么问，连自己的心都信不过，
平日里还高唱什么神圣呀？信仰，
趁早认了，认了这段天地为证的钟情。

第21首

内心长久的忍耐和期盼不过
灵魂间惜惜的崇敬，一个完整的梦
跟随着你，从假想的诞辰到冰凉的墓地，
都有鲜花和绿茵圣情的围绕。
而另一面，是我支离破碎的生活，
由于你的缘故，已完全没有
片刻的清醒，我自以为奉献得
如此彻底，除了默默无闻地倾听
你浑厚的歌声，以飘游的目光
追踪你凝重的表情，还能借助
怎样的手笔挥洒对你夜夜的思念？
于是，撇下积淀多年放大的自尊，
将成长的岁月要求于我的禀赋，
在心的深处，揉进了你的一切。

第22首

为了爱情，我已经筋疲力尽。
眼下难言的孤独与凄苦，难道
就是我日夜夸耀的情感？纵然以
最挑剔的眼光分辨，爱的确不曾
掺杂世尘的沙砾，书本上片言只语
都不肯随意引用，深恐粗俗的描绘、
泛滥的思潮会毁了我们的声誉。
然而，又有什么圣洁的理由
能够提升爱的层次，好像崇山峻岭
满眼满目的香花，开得自在而烂漫，
或是山顶上临风而立的异草，
开得遗世独立。为了承袭千百年来的吟唱，
我寂寞而嘹亮的歌声，一路翻越
无人的山川，引来空谷的回响。

第23首

多少次，我近乎绝望地发誓，
宁愿受一顿粗鲁、刻薄的谩骂，
也不甘心领受一辈子无上的关怀。
你不会了解，是你的谨慎与温良
触犯了我，高高在上的荣誉
着实令人沮丧，当你周身的光芒逼近，
温柔的暗示，陡然间照彻我的思念，
毫无由来的害怕中，祈望俗世情缘
在虔诚的感召下绽放。然而现实，
却见证你更深的自爱，历来的你，
都无意走离自我的殿堂，你的爱
存放在完美的规划里，那沉着的举止、
稳如泰山的风度，都在时时向我炫耀
你炉火纯青的修养及生性的尊贵。

第24首

我将爱情放置心灵深处的深处，
让外界的阳光无法轻易照临，
在心的边缘，用沉默和尊严筑起
高高的堤坝，让你无法轻易
窥视到无可救药的情结。温馨与脆弱
被理智封存于坚固的堡垒，任凭世间
风霜的洗礼，依然纹丝不动，
仿佛心在爱的自恋自艾中沉睡。
入静中，爱一直与黑暗做伴，
认真听从真心对真心的呼唤，
又有哪一日停止过炙热的向往，
等待冲破牢笼的曙光，期盼着
心中的爱人，不顾一切地深入爱的腹地，
像个十足的英雄，把最顽固的心占领。

第25首

假如你我的爱情注定要遭遇苦难，
以往美丽的馈赠亦将默默失去，
那样你还能轻松无虑地爱我吗？
用浑厚结实的臂膀将我紧紧地、
紧紧地拥入激荡起伏的胸怀，
两片饱满、滚烫的嘴唇喃喃地
把羞怯的话儿不厌其烦地述说，
你还能把持一颗真心不被世俗的顾忌
变了颜色，还能在昏天暗地的
幻想与现实交替间从容生活？
你是如此相信自己，相信命运的垂青，
不愿因为暂时的愁闷便怀疑这桩
爱情的价值，望着你单纯的眼睛，
我还有什么疑惑来反驳你的忠诚。

第26首

缄默吧，我忠心始终的爱人，
多么不情愿信赖言语的功能，
就让心灵的音乐在空中自由流动，
轻盈地穿越记忆与黑暗的闸门。
寂静中，熟悉的形影幻化成一种
神奇的猜测，在摸索的空间散发
迷离诱人的馨香。生生世世的情意呀，
怎敢想象在天长日久中渐渐抽身，
站在老去的房檐下仰望重复的阳光，
臃肿的脸庞再也寻不回古雅的面纱，
假设销蚀了太多良宵美景，
爱之星辰一路蔓延、异彩流芳，
青春之焰燃烧着寂静，让我们鼓足勇气，
以生命的全部来聆听爱的笛声。

第27首

沉溺于幸福之中，凡尘的声音
转眼被忽略成一片暗淡的背景，
而你我仿佛得了神通，可以将
世人锐利的目光，轻易阻挡在
亲手圈定的界限之外。仔细想来，
天地间哪一处不是爱的家园，
能够妨碍恋人们至纯至真的流露。
我们俨然传说里骄傲的主角，
随时准备向空寂的世界宣告
旷世不觌的爱情。每当午夜来临，
漫步依偎皓月繁星，心驱逐了一切
世乐杂音，只有晚风还在轻轻呼唤，
沉寂的大地啊，请为我们作证，
上苍也有意撮合最深的拥吻。

第28首

我的爱情到来得很早很早，想象它
会一直平和地延续，尝试一切爱情
的必经之路，统一、琐碎，又拘谨。
然而在我眼中，爱的每一点信息都是
致命的蛊惑，需要全力捕捉浪漫的谜底。
曾几何时，有明艳动人的光芒聚集
在我们爱的头顶，为千百年来
稀罕的真爱娓娓地唱着颂曲；
曾经，玲珑的心被安上蝉的羽翼，
渴望在最细微的变化间探知
爱的消息。当一切顺其自然，
缘分被贴上了婚姻的标记，
所有的狂热都得到了温柔的呼应，
痴情终于放慢脚步，渐入佳境。

第29首

再没有什么珍重的保留，亲爱的，
少女时代清澈而一往情深的目光，
曾经默许过一次次小心翼翼的试探，
更不用说热恋时绚烂的容颜，
挂在每一个清晨敞开的窗口上，
欢呼你痴心如期的到来。
青春和矜持彻底上缴了，今世的冤家，
我甘心做了你的俘虏。不知不觉，
在共同的屋檐下默诵四季英名，
日月匆忙，甚至来不及让彼此
陈述掩埋心底的曲曲柔肠，
偶尔品味与岁月同行的爱，
沉甸甸的感觉实在难以掂量，
却犹如空气在你我间无声地流淌。

第30首

为了你的缘故，我将自己好生伺候，
看护好娇柔的身子和纤纤的灵性，
这些都属于你，属于你的宽厚与坚定。
把爱放置如此尊崇的地位，
豪迈的气概忽略了其余的方方面面，
斟酌起来，哪一件不是幸福的佐料，
允许随意抛弃？而我知心烂漫的爱人，
似乎从未留意现实走过的忧伤，
面对从不愿下架的绵绵雨季，
你始终蓄存着一股爱的伟力，
穿越芸芸众生，独独将我灌注，
仿佛时光早已凝固在爱的初衷。
苍穹下，月色照耀目光，音乐奏鸣，
美丽是否真的掩住了岁月的沧桑。

第31首

爱是需要关注的，年复一年，
谁叫她从天堂流落到你我之间，
心灵在每日的守望中爱戴，相敬如宾，
从不敢表露是否也有厌倦的成分。
偶尔，你会对我柔弱的心声
置若罔闻，清亮的眸子里飘来
细若游丝的乌云，幽怨会随
屋内的空气左右徘徊，飞离窗外。
但愿轻盈的羽翼能触着你的肌肤，
给一个微乎其微的提醒，再忙碌
也别遗忘履行爱神赋予的天职。
并非爱人的心容忍不了真实的颜色，
而是凡尘的爱太娇嫩，太易折损，
纯洁的花蕊只能以无限柔情去托付。

第32首

当满大街明码的花卉四处兜售，
我和爱人早已不再将其彼此馈赠，
深藏的世界仅仅保留着第一束
鲜花的美丽，娇羞欲滴的色泽
弥漫了尘世，芬芳了记忆。
纯而又纯的爱语在花香中穿梭，
你竭力让绽放的花期无限延伸。
回忆，缠绕灵魂编织的挂历，
深冬的风雨，飘摇黄昏的荫翳，
远山清寂，捎来你刻意的寻觅。
当几枝被雨水打湿的鲜花被轻轻地
搂在冰凉的怀抱，当鲜艳蒙着
丝丝寒意一路向我低唤，我明白，
从此，将终生不再需要鲜花的慰藉。

第33首

经历了风雨辛酸的洗礼，
千言万语已无力承担相爱的誓言，
不消开口，你便懂了我眼色，
刚刚滤过潮湿优柔的尘埃。
岁月蹉跎，遗失了片片梦幻，
却无法泯灭你我虔诚的倾慕，
一如昨天，醉卧于混沌的初恋，
激情被小心守护着，一万种丰盈
储存在每一张唱片、每一首舞曲里。
浪漫无限期穿越了一个个
朴素的日子，为平凡的婚姻
送来小草般常青的祝福。多年来
我俩就像一对旧式的农民，
每天每天，都在囤积爱的资粮。

第34首

忙碌间，空气似乎凝重了起来，
再缱绻的依恋也难担负你辉煌的前程，
潜伏的冲动经历数载冬眠，
变得格外敏感，似一触即发。
亲爱的，眼前正是你的季节，
唾手可得的荣誉像道道金光
将你身体照耀，回望那些
默默无闻的里程，一路的风景
和寂寞的月光，我能体味岁月的用心。
噢，亲爱的，不必对我信誓旦旦，
亦无须害羞地讲述万千理由，
拨开太浓太重的情天爱雾，
把完整的天空和热恋时的承诺
一并交还于你——你原本的自由！

第35首

愈来愈浓重的爱从眼里藏起，
相伴的日子久了，竟变得笨拙，
不愿轻易泄露一丝依恋，
即便在你万般柔蜜的围绕里，
幸福的滋味也不让你偷窥。
岁月将自尊铸造得如此鲜明，
一边是深不可测的爱意，随呼吸
进入你的胴体，而另一层面，
是我假作冷漠的声音，极力抵御
来自宿命的姻缘，用纤纤素手
狠心掰开这张铺天盖地的罗网，
试图摆出绝对的自信，向你声明：
我随时保持定力，收拢漫长的情丝，
保证娇小的心灵不受失落的伤害。

第36首

生活中我从不轻言爱情，
高贵神圣的字眼，只能藏于
晶莹的内心。待白昼的铅华散尽，
洗却浓重的妆彩，月色清朗，
心音在赤裸的天地间播放，
反复而孤独的吟唱只有一个主题，
对爱亘古的期待早已穿越时空，
化作对苍茫大地无限的崇敬。
仁慈的上天呵，我怎能心静如水，
爱情如鲜花般终日围绕着我
平凡的起居，照料伤感的思绪，
爱人典雅的情怀将我的幻想
填满每一处现实的角落，并任我
在漫漫红尘中保持高傲的姿态。

第37首

面对无形的事物，从来就只是一种
轻轻的揣想，还携着浓浓的疑虑，
一旦岁月将上面那张帷幔揭开，
露出的仅是无语的空白。亲爱的，
你太多的失望真的会走向极处，
后悔当初耗费了年轻的光阴，
去作所谓爱的奠基。总有一天，
时光将你我的名字洗褪，
不会在曾经逗留的世间为我们保有
一方自由的乐土，也无人忆起
昔日高贵的荣耀如何照临过两颗
饥渴的心。生活早已竭尽全力，
长久的忠诚便是证明，平淡中找寻
真爱的光辉，需要足够的想象和勇气。

第38首

即使这个世界只剩下一个知音，
我依旧会饱含热泪为你吟咏，
灵性在远处踯躅，贴切的表述早已
在你干涸的心中望眼欲穿了几个世纪，
憧憬从未在孤岑的黑暗中蒸发。
赞叹来之不易，珍重的爱人，
只表明你我有一种相惜的缘分，
在宇宙间流转，需要太多偶然。
背负祖上的福祉，原本陌生的星云，
心与心的认同仿佛前世有约，
无论流落何方，即便背道而驰的征途，
毫无准备的刹那，只消惊鸿一瞥，
风光就此停驻，如此相似的印记，
仿佛天生就为揭示你封锁的心扉。

第39首

我一直以来深坠梦河，从未苏醒，
漫长的爱，飘过无数日夜星辰，
沿着岁月吹拂的痕迹，一路璀璨光明。
却不见黑暗吞噬过精神的火光，
无论恢宏的音乐还是寂寞的山谷，
围绕时光的牵引，看到熊熊燃烧的烈焰
分明没有结束的迹象，似乎嵌入
永恒，在遗忘历史的维度中融化。
这火光受了神的庇护变得至高无上，
生活的烟火已不能遮盖其光芒，
即便冥顽不化的个性在它面前，
也收起张扬的架势，扮作可爱的精灵，
有心无心唱着赞歌，冥冥中有一个声音
让我们肃穆，指引爱朝着神圣的方向。

第 40 首

渐渐地，终于厌倦了世间的流星，
无论它呈现出怎样惊人的美丽。
当初带着何种浩瀚的理想，如今，
还有什么当量的元素能再激起
日月的回眸？带着无始无终的愿景，
以及致命的牵挂，人生每一个瞬息
都包容了另一个陌路的生命。
炊烟荡漾的日子打发得战战兢兢，
一百种假设，一万个梦境编织了
离奇的情节，让本已脆弱的神经
历经炼狱，残酷的意象犹如爱的伴侣，
恋之弥久却愈挥之不去，又似夜间
凛冽的疾风，鞭在昏沉酣睡的躯体上，
极度适宜的时分竟生出丝丝惊惧。

第41首

每天都在爱的幻想中徘徊，为了生计，
即使在最无趣的圈套中难以自拔，
也会在喘息之间，留出一段沉默，
面对朗朗的天空，咀嚼私密。亲爱的，
我怎能忽略真正的情感，让心灵
呈现哪怕一小片空白，在爱的账页上
中断忠实的记录。既然对上天的
安排感恩戴德，哪有不诚惶诚恐的道理，
惦记着福分需要日日栽培，
再深的情缘也得用心呵护。生活从未
抛掷过理所当然的绣球，一切看来是
命中注定的结果也会突然抽身而去，
对于眼前的幸福，只有祈祷的份儿，
祈求我的忠诚会应和天地的教诲。

第42首

倘若生活可以选择，按钮即将重启，
你我是否还会沿着昔日的足迹，
在冗长的轨道上逐一重复？
是否会按捺恍如隔世的惊诧，
再一次相遇？是否会经历如梦的颤栗，
再一次，毫不犹豫地向彼此臣服？
年轻的日月，毫无权衡的情愫，
难当羞涩，却无意摆设多余的姿态，
唯一的认定，似千百年来梦境的契合。
历经多少世纪的苦难，那一声召唤
分明是命运之神浩瀚的宣言，
智慧从岩层中迸发，从埋没的情感里
望见前世的姻缘，在这苍茫的时节
必定会盘结出美丽醉人的硕果。

第43首

有意无意拉开你我的距离，
心一再告诫，依恋的后果是迟早的倦怠。
风轻轻吹起洁白的裙裾，
迟疑着，婉约入戏，终于，
那个风高的冷夜，潇洒挥别。
疼痛早已麻木在一遍遍的假设里，
也没有气力来揣测你的表情，
只为将来还剩了自尊，能替我静静舔伤。
趁意志尚未沦陷于深邃的凝望，我，
独自上路，迎着楚楚的月光，
行在风雨飘摇的路径。身后传来
阵阵伤情的歌声，若即若离。
爱人呵，宁愿你的忧伤尾随我的背影，
也不愿感受对视间日渐弱化的磁场。

第 44 首

想起上个世纪的爱情，历历在目，
虽然你我在时尚与变迁中身陷囹圄，
心的羽翼穿越时光的隧道，在历史
展现的永恒中翱翔。清寂之中，
我时常手握翻卷的诗集，在先人瑰丽
的描绘里陷入沉思。无数鲜活的情节
揭示人类的忠诚，爱情从来都是
虔诚的佐证，神圣是平凡生活的信条。
在泛着墨香的故事里，我们如此轻易
遭遇真爱的男女，如同空气、水
和日日的食粮，仿佛信手拈来的家常，
稍稍被人点化就造就一段传世佳话。
古人是多么富有敬畏之心，一生的操守
都演化作一种漫长而单纯的履行。

第45首

常常，面对寂寥的远方，询问自己
来回漂泊的踪迹，片片翻飞凋零的
花瓣，岂是我一路痴情的期盼。
眼下，生命之花是何等庄严，
和着大自然的萧声，在每一个夜晚
悠然开放。无声无息的荒原，
以风为媒介在传递某种爱的音讯，
从未走失的主题如繁星般熠熠闪烁。
森林在神秘的美感中孤独历练，
等待再次给予关注，成就的形象
早已超越预期，依然故我的
植被不事张扬，心安理得地迎送
爱情的每一个周期，静候更盛的繁荣
以及绽放之后华美的凋零。

第46首

偶尔在你无边的爱意下感觉窒息，
为了假想中的自由，我无数次
构思过出逃的情景，缜密的设计
让内心颤抖不已。我一再询问自己，
失去你的关爱真能让我获取
新生的灵感，在万劫不复的黑暗中
找回坚定的自信？浩渺的爱河
当真完美淹没了我前进的方向？
爱人啊，你是否是我前世的债孽，
借今世的姻缘，向我讨还所有的修行。
我特立独行的风范和潇洒的名号
都被骇人惊世的爱风席卷而去，
难道说双眸正渐渐变得清晰，
在弥天大雾中与封闭的自我不期而遇？

第47首

该是怎样一种表情，面对毫无生气的
境遇，打拼早该在青春挂历上
画出圆满的图案，落下绝地衬托的诗句，
以轻松的方式回应儿时的戏言。然而，
我无法原谅自己，拱手交付造物的权力，
自以为爱得彻底，在实战的博弈中
临阵脱逃，加入你的阵营，
还挥舞起你的旗帜，冠冕堂皇，
让辛酸挥泪而去。岁月链接的果实
需要爱人分享，却拒绝无助的手臂，
爱同样渴望富庶的目光，让人怜爱的花蕊
无论身置何方总能承接真实的雨露，
不能奢望一直凭借印象和曾经的宠爱，
便难自拔，陶醉于虚无的幸福之中。

第48首

沉睡的灵性是否习惯单独出没于
喧嚣的市井？是否还有足够的力量
从你的华盖下挣脱？没有人自告奋勇，
所有造作的声音都跟随风的远行
四处消遁。我无意偏移爱情之旅，
只是不愿为了名分而成为你的附庸。
难道你希望爱成为一份战利品，
洗尽污垢来收藏这稀世的真迹，
浑身佩带起胜利者傲慢的习气，
谁想这灵根宝物经不起悉心打理，
失却阳光滋补，在精美的匣子里
渐渐老去。为了留存最后一层美色，
且让暂时的分别来加深背景，伤感
会在各自的天空中找到新的呼应。

第 49 首

正如所有开放的感官，真诚倾听，
心一定有厌倦的成分，为何要回避
惯常的轨道？难道涉足一块净土，
便自以为获取了一项豁免的特权？
按说，可对常人的感受置之不理，
在浓重的阳光底下反锁自己，对照
一丝不苟的章程实施古董般的礼仪，
还可以再三宣称自由的方式，
完全由不羁来诠注。没有临摹的范本，
你我均无法拒绝内在的声音，
渐渐地朝着目标，烦恼合二为一，
尝试走离，走失形影不离的情爱，
但这会儿，我们真的相互陌生，
拥吻着，中间隔着正襟危坐的教理。

第50首

想你不在寂寞的时分，亲爱的，
那是空虚的填补，只能表明
在世浪的冲袭下单薄又无力。
把毫无个性的情感当作礼物，
呈现给远航归来的你。与此同时，
高擎一面漂亮的旗帜，奔跑着，
全然投向早已疲惫的怀抱，不顾你
眼中的笑容还在深深喘息，这些
想来都罪过，消磨了多少珍贵的福分。
而今，思念躲进成熟的风里，懒懒地
飘摇四方，轻盈，难寻踪迹，
星光摇曳，伴我留守安宁的小屋，
内心还在不停地放松爱的缰绳，
祈望它在天长地久中延绵不息。

第51首

爱的时刻，却不能如风般自由舒展，
生活依然无法消除少女时代
培育的羞怯，依偎在你身旁，
恰似在舞台上表演，一束永远的目光
藏身不定的空间。从来都有一种
被审视的惶恐，不能让我片刻松弛。
平凡为何失却麻痹的功效，
让我沦陷婚姻的常态，尽情消享
主妇的怡然。莫非醉心于自虐，
不愿重温大众温情的版本，甘愿在
疑虑中度日？为何敏感如初，
在你每一个随心的眼光中甄别意义，
不时掂量爱的方位是否随风而动，
这种迷人的把戏何时才愿握手而别。

第52首

岁月在身后堆砌成一座古旧的城堡，
而我依然像个情窦初开的孩子，
时刻做好被爱的准备，从未思索年龄
似乎已不再热衷提供道场。
从前的日子，也未曾放肆青春的波澜，
最受宠爱的年份，除却默然接纳，
对一切错爱都守口如瓶，干净的做派
仿佛只为对方疗伤。我是如此看重
专情的美德，不愿拾掇多余的虚荣，
倾慕多半隔着华美的装饰，
借青春的勇气宣告。而我的真实，
深藏寂静塔顶，打造起世外风光。
当我面对真正的爱人，也难改曲折的习性，
相视的目光依然收起一半轻漫的话题。

第53首

从未想象生命就此沉寂，日理万机中
爱退缩至边缘，责任的名义下
平静地摆渡光阴，岁月渐行，
关闭所有的感官，只会加深疼痛的记忆。
无人出面告知结果，我们从来都
受着热烈的鼓舞，世上最美的诗句难道
皆为诗人兴起，不用典当任何信誉？
多少人尝试亲密的路程，梦想自己也能
攀上极致的巅峰，哪怕重复的运道
也在所不惜，而我眼望太多太深的失落，
不愿就此停步，企望凭借双脚走出
大漠的苍凉，挖掘遗失的绚丽。就此
将爱奉为圣旨，一路寻迹，连风中飘零
的落叶，都当作神的礼物收敛入怀。

第54首

当创新成为惯性，传统已不能赶赴
现实的需求，眼神里就连爱的形式
都被质疑再三，你我死守的琼池是否
成就本世纪最后一处绿荫。暧昧
隶属时代之殇，潜心阅读始终是
结发的典故，霞光中青春淡出，
一种沧桑由表及里。追溯爱的缘起，
回忆信誓旦旦，此刻愈发掂量出浪漫
的分量，凭借绵长、柔韧的质地，
从贫瘠里开垦的爱情果真具备
抵御时光的魔法，于冗长的修行中
渐进层级，好比陈年的佳酿，
岁月只会添增它的高贵和摄人的芳香，
哪会有意摆脱其原汁原味的琼浆？

第55首

是否激情藏在岁月与岁月的间隙，
昔日如火如荼的场面，曾经发誓
以生命的长度和强度担保，让精彩
凭借演员的毅力，在人世的舞台上
延续，以至于生命的落幕也无法遮盖
散落一地的星光。因为感天动地，
后人会沿其脉络，沉湎于故事细节，
在浩如烟海的段落中挖掘爱的究竟。
如今，波澜不惊的微笑难道真的应验了
高人的谶语？可惜我们没有佛的悟性，
全然信赖的同时反复播放经典定格，
你我一面创意，一面生存，
在漫不经心的姿态中渐忘表演，
以为安静与默契就能囊括现实。

第56首

很少从你的嘴角流出溢美之词，
虽然炽烈的眼神让我不停地重温
早年童话般的经历，在真实的世界里
感知被爱。你强势的羽翼早已
驱逐所有的威胁，扇至我的周围，
曾经惊起的飓风也变得柔和，
温暖足以融化最深厚的坚冰。
被光芒所覆盖的尊严呵，在深情的
迷漫下无路可逃，唯一的出口便是
降服于温柔的陷阱。而我诧异你的沉默，
言语为何不是你的武器，寂静的爱情
仿佛缺失了一股神奇的力量，谛听尘寰，
离了声音的誓言，即便流传久远，
相伴时终也少了浪漫和真性的回应。

第57首

梦想并非悠闲的标签，沧海桑田，
灵性在地狱和天堂间往返徘徊，
日月累积的皱纹在心的深穴雕塑，
只是爱渴望辉煌的激励，为平庸
添设像样的话题及冥想的空间。
面对飘逸的神采，我怎能不去应和？
想象世界都将流入我们的手掌，
静坐的当下，还有呼风唤雨的能耐。
然而双眼却不能满足于这幅蓝图，
越过未来的海岸，望见空虚，
修炼之余，为现实的荒谬嗟叹，
所有创造的精神在消逝的前夜，是否
还有机会欣赏夜夜打制的信物？是否
陶醉于自我颁发的那枚圣洁的勋章？

第58首

倘要清晰描绘出生活的原貌，
将爱在假想的坐标上定位，
恐怕，无人敢于回应。在风情绰约
的剧情跟前，并非不具备智慧，
冰冷的舞台也愿承接最美妙的创新，
只是你我面临的不是抽象的试卷，
可以任性地摆布精准的逻辑，
所有与理智为伍的设施都于事无补。
爱煎熬了漫长的羞涩，从暗处苏醒，
情感的种子迎着透亮的标识，
一路披靡。当漫射的阳光蜂拥而至，
泛滥的情愫终究寻见出口，
劫运与福祉瞬息而变，每一项安排
都如此乖巧，仿佛渗透神的旨意。

第59首

当上帝的双手打造了万物，就铺垫了理由，
那样的高度，理性无力抵达。
为了让生活的落点更加富于激昂，
在另一维度的空间隐身，长醉不醒，
以一种彻底的姿态来面向爱情。
相信茫然里感受的悸动是爱的前奏，
相信无声的世界里有相知的回应，
相信冉冉时光无法阻挡爱的深入，
相信多年以后，浪漫梦游，
深爱的情侣会再次怦然相遇。
相信怀念是真爱最深刻的表达，
因为错失，目光会在风中顽强伫立，
没有人会懂得沉默的言语，除了对面
同样沉默无语、一声如兰的叹息。

第60首

当时光为你我呈现出倔强的秉性，
爱的洪流在无以把握的节律中
孤独地向前奔涌，我们除了深切的
敬意还有什么值得大肆渲染的情感？
豪情万丈的气节在固执的轰鸣声中
藏于记忆的琴匣，心弦拨动的刹那
弥散陈年的芬芳。沉默是描绘现状
最好的注脚，经历太多的经历，
所有的外化都与自然亲密融合，
在每一片青叶浮动的露珠上找寻
盈盈的泪，即使是同类的哀伤也会
触及坚硬的内核。柔美无助的歌声
从深心出发，向天空领受温暖的力量，
通过爱心层层加冕，看见冰雪在融化。

第 61 首

你我从遥远的起点迎着同一个方向，
彼此仰望，像应了梦中的呓语，
望过去好像早已经约定俗成。
难道还需用语言探试心的底线，用时间
打磨爱的信物？“不，这都显得多余！”
世间的角落难道还储存另一副魔棒，
会忍心打搅这空谷寂静的剧场？
只道去跟随，踏着晶莹的步子，
走近你，走近似梦似真的布景。
忘却拍摄，却成就一对绝佳的演员。
小心翼翼，拿捏着准备多年的台词，
静静模拟，酝酿最丰沛的情感，
在零观众的舞台上，做足戏份，
一展无骨的风姿和旷世痴情。

第62首

鲜花环绕的森林，任清风吹落
一地金黄，头戴皇冠的女孩，
拾级在花草铺就的石径，时光带不走青涩，
让每一个角度都美轮美奂。
童话里出没的细节毫无悬念地现身，
在经典时段道出无人能懂的言语，
流光溢彩的画面让人着迷。亲爱的，
我宁愿这些影像疏离，每回出场的
剧本都不致重叠，在假想的模板
上演天使之舞，并依据心情调整节奏，
只为那一场沉睡的梦境更加贴心，
掀开雾岚，能与世俗真相温柔抗拒。
生活再琐碎，这些情结都怀旧如初，
还宣称为清醒的人生带来想象的元素。

第63首

风在吹，雨在天边下，岁月就这样
不经意，又毫无章法地拍打，
将青春的踪影收进早早撒下的罗网。
笑一笑，已是艳阳高照，还在犹豫，
面对逝去的荣耀，那是与美相联的名分，
太多精致的故事如影随形。
就这样坦然，故作坦然，
将目光放松至遥远的峰顶，
失却红颜的承认，需要怎样内在的力量。
从此不再自恋，撤下四壁的反光，
深沉化作血液与寂寞合并。
还会去欣赏，带着过来人的宽阔，
允许一声叹息，在无人的自留地，
身心再也寻不见消极的痕迹。

第 64 首

在青春妖娆的腹地，深陷囹圄的我
从未向你索取若干虚荣的证明，
而你，言语总是节省到最低限度，
以最少的音节传递内在的频率。
难道直觉一直在听？没有承诺，
却让我时时感受爱的真言，心心念念，
有如进入太极，携带另一个世界的轰鸣。
从清晨第一声轻轻的呼唤，从睁开双眼
遭遇的第一个似水柔情的注视，
心便已融释在暖暖的爱河，
从此断了孤寂，那是少女时代的诗情。
我恨你剥夺天生的情致，害我在
漫长的现实中少了深沉的积攒，
在你一手营造的温柔里长醉至今。

第65首

岁月画着轻松的曲线，在天地间回荡，
沿暗藏的玄机，闻见一路温顺，
虔诚终于换来虔诚的回应，旋即，
柔软至极的心性，融化无边的银河。
记忆变得脆弱，太多的困顿
阻挡初心，泪水早已凝聚成
美丽的冰凌，借助激情隆重推出，
多少个世纪的福泽降临卑微的头顶。
爱无意间闯入禁地，满眼无辜，
在最单薄的戒备中落定尘埃。
唏嘘，为了纪念将被埋葬的孤旅，
微笑，犹如天际般慈祥，又如一道
金光划过夜空，留下无数猜想，
一遍遍温暖起亘古不变的寂寥。

第66首

天空一如既往地照耀匍匐的生灵，
远古至今，善意的眼睛从未停止关注。
日月渴望深切的恋情，情风飘舞，
在每一个平静的拐口，溢出本真的琼浆，
让迷醉成为一个不老的话题。
世间杂音顺着各自的心声，一起奏鸣，
每一双伸展的翅膀都扇动彼此的崇敬。
伟大，成了相互夸耀的借口，接踵而来
的事件会披上袈裟，对忠贞进行要挟，
疏散单纯的烈焰，伴随生命的进程陨落。
然而爱，犹如出生时执意的光环，
立志冲破迷雾，无论世尘如何阻挡
草叶的蒸腾，你我依旧恪守一方，
掸却干扰，向天穹吟诵簇新的颂歌。

第 67 首

哲学似乎与爱无关，生硬的外壳
无法担负灵感，无法解释
不对等的付出在爱人眼里何其自然。
世间的心秤怎能在爱的长河中算计出
价值，只有冷眼加重的疑虑，
会一再推敲世道难以理喻的情怀。
拨开闲风碎语，胸中升起宽仁，
在爱的门槛外漫无边缘地徘徊，
热望早已认不得爱原是怎样的焦虑，
会以怎样的激烈布局。黎明初醒，
阳光从不间断的鼾声中袭来，
望着四周熟稔的物件，浸润于温暖。
即便一个普通的菜肴，都会唤醒记忆，
安逸随时飘落，陪伴深深的宁静。

第68首

除了跟随一种无可抗拒的吸引，
在飞翔的天空依然倍感爱的笼罩。
思绪切断返回的路径，自从生命
参与另一个身影，厚重的回声
从远处袭来，荡激孤独的心海，
期待，只消一瞥就已勘定今后的前程。
从此岁月划出一道清晰的分水岭，
随洪亮的震颤，变得无法逾越。
置身洋流的彼岸，光明泛滥，
仿佛昔日的哀伤都已一一融蚀。
经历太多变故，面目早已惺忪，
不愿再次辗转，害怕任何一次回望
都将折损能量，心如此决绝地趋从
爱的导引，从地面升腾至漫漫天涯。

第69首

你真有足够的耐心来成就一段誓言，
仅仅用朴素的行动标明爱的尺寸，
不受世间阻碍，有限的时光
没有减损的几率，即使四季更迭，
曾经认定的芳菲之恋，都将守候在
烂漫红尘中。剩下毫无变数的日子，
只是展开的章回，随剧情的深入，
婉转在每一个真挚的片段。
岁月拟定的角色，赋予神奇的伟力，
一旦戴上行头，便连声音也变得柔软，
所有的美德都朝着同一个方向。
亲爱的，从来都不曾奢望你的承诺，
回想你早年的目光，灼烈难挡，
眉宇间，容纳世上罕有的坚定。

第70首

凝望你，常常幻想时光可以倒流，
回溯颤栗的岁辰，感受你的异样
是一门甜蜜的功课，复习刻骨铭心。
意味深长的一瞥从校园街角传来，
伴随字正腔圆的表述，你稳稳的步伐
追踪我一再低垂的眼睑，当奋力走离你，
浓浓的注目宛若空气久久不忍消散。
早已遗忘对答是否流利，透出内在的慌张，
脚步从来不服从心灵的呼号，留下的
永远是旖旎的背影。回忆那般绵长、
悸动在没有边界的月色中填满，
还记得校园舞会上，你炙热的呼吸，
礼节并未阻止你，像一阵飓风，
抓起我冰凉的小手，毅然步入舞池中央。

第71首

凡世间的优雅为何有诸多局限，
令人长久留连，望着渐走渐远的形迹，
又有什么喟叹的力量能够挽留
注定的伤感？美妙总是伴随四季的光影，
来去无踪。前程像天使的羽翼，
梦幻娴静，时刻召唤世人景仰。
谁还为我们准备了一副怀旧的衷肠，
毫无牵挂，也会停顿在昔日的画风，
一页页掀去，泛黄的底色
在五彩斑斓中执着地衬托出经典。
什么时候才能真正摆脱记忆，
深度享用现实的欢宴？当下之美是
如此难以领略，为何总是背离大师训导，
一再低调出场，敷衍掠过身边的风景？

第72首

有时还会心生遗憾，面对岁月的步履
迈得如此迅急，最美的烟花落叶之滨，
灿烂还未细细品酌，便挟持了
纯情欲滴的清风，扫过四季长廊，
生生向前奔涌。青涩淹没于尘嚣，
似瑶池的花蕊，尚未绽放就息事于
静静的水面，听凭后人瞻仰。
相册里唯一的背景，硕大而宽厚的绿荫
是你不变的节奏，向柔弱的我伸出呵护。
密集的心思遮住每一丝仓促，
爱飘来荡去，堵在眼睑的尽处，
偶尔拨开迷雾，探一眼世外桃源，
却无一不被内心的声音摧折，如梦似幻的
城池款款缭绕，岂是一世真情的筑造。

第73首

春光里有乍泻的羞怯，在清朗的天际，
如刚刚挥洒的水墨层层散开，
千娇百媚的韵色难以追溯起笔的心情。
寂静，是否带着被爱的荣光移走世间，
接受繁花的祝愿。曾经，你的眸光
在黑暗中变身抵御梦魇的利刃，
借寒光凛冽的气场，毅然挥别
幽怨丛生的冰崖，纵身绵延的掌心，
任孤迥在期待中融化。忘却姿态，
忘却梦境是否舍近求远，当你唤我挂上
祖传的美玉，打量前身后世，
章回失忆。森林和原野交替延伸，
牧歌将日历分离出片片段落，在空中悬挂，
恒远处，黯淡的篝火隐忍退让。

第 74 首

当深情经历了漫无边际的相思，
从自由的天际着落，沿风的轨迹，
小心步入爱的城池，旷世情怀，
从你的嘴角径直流到粗放的指尖。
无声无息的领地，触摸温柔，
在不分昼夜的苦恋中艰难挨度。
渐渐，你的周身呈现出必胜的光环，
另一种娇柔之音犹如若隐若现的风笛，
在沉寂时响起，气象闪烁无形。
对峙中，你化身伟岸的树林，
孜孜不倦地用稠密的枝叶包围我，
企图在葱茏的森林中淹没我的方向，
而矜持像不沉的意志托付弱小的身心，
在精心制造的爱的漩涡中快乐搏击。

第75首

梦醒时分，会突然怀疑眼见的事实，
星光熠熠，留驻崎岖幻境，
幽冥之间旋转的太极，漫游尘刹。
神话，即使最离奇的遭遇也能在
佛的护佑下莅临。仿佛时光分出
一道界限，之前，皆为雾色遮掩，
而后，进展让天地动容。爱，世纪之雨，
张扬从每一个角度袭卷而行，顾不得
路人的诧异如何为大千世界添戏。
穿过夜的盲眼，箫声彼落此起，
伤心不再，一段《简·爱》对白，
点亮爱的背景，痴心不改，
一段相思岁月，踏过面壁修行，
爱，构建起穿梭日月的交响，铺天盖地。

第76首

笛声由远及近，思念，从心的蜗居出发，
包裹颤颤巍巍的气息，翻山越岭，
唯恐深无界限的情思，扰动你的智慧。
另一个陌生的城市，有我最熟稔的呼吸，
键盘敲响崇拜的字句，一路更新。
永远的淡定，不断加持的敬意，
让你笼罩在无量爱的光环里。
平凡的日子从未消减你的伟岸，
每一种变迁都被设置成英雄的文本，
遥想天际，打开链接你的符号，
等待夜幕降临。即使你在我的身旁，
双手紧紧将我缠绕，隐秘的空间，
我依然愿意在黑暗中搜寻仰望的背影，
狠着心，生生拉开你我现实的距离。

第77首

想你，就有抑制不住的欣喜，
从脚下的土地腾空而起。
何时心有了契约，只要你的信息呈现，
都会自动归集最私密的文档，
耐心等待最安全的时分，梳理情怀，
独自点击。只愿与夜色分享，
只有无处不在的月光一眼望穿我，
让藏了又藏的心思裸露在夜的嘲笑里。
黑暗，是我的庇护，思念辗转成午夜的精灵，
孤傲地闪烁，仿佛遗落人间的星星，
弥漫苍穹下寂寞的屋顶。思念，
集攒不朽的爱情，任飞升的半径廓张，
任念想的能量超越空气的托举，
而唯一抵达的方向，浓缩着你的图腾。

第 78 首

热浪席卷大地的沉默，鸣笛四起，
挣扎太久，宣泄满地相思，
沉入心海，随夏日的喧嚣蒸腾。
你外出的日子，日历泛着青涩，
时间走得不偏不倚，遵照你的叮咛，
细数着确幸，然而身形却像丢了
一种颜料，怎样都显不出从前的饱满。
即使良宵乐伴，游走爱的空间，
都会突然停顿，跌落你的世界。
苍凉在灼热的空气中盛大来临，
瞬间，覆盖了我的躯体。举目瞭望，
街道苍白阴郁，天空一碧如洗，
满满的寂寥，寻不见盛夏的符号，
一个闪烁，便沉沦于对你的凝望。

第79首

你的来去，寻不见标配的节奏，
似一阵风，狂热飘过，留下深沉的痕迹。
大地变得风情万种，旖旎化作满地花枝，
陷入万劫不复的怀念。静谧与炎热相伴，
空洞，瞭望起下一轮缠绵。
爱，背负因缘，流浪了前生后世，
此生无涯，此地芬芳袭人。
那一声低唤，仿佛远古流传的乐音，
绽放在今世的密林。无始无终的缱绻
和隐秘的叹息沿蔷薇下斑驳的时光
一路温存，一路飘零。
永无厌倦的情歌，趁天赋的歌喉，
从白昼唱响浓情月夜，翻山越岭，
穿越晨曦，充斥漫游无垠的心谷。

第80首

闭上双眼，就是你的影像，
从每一个角度袭来，空气掩不住
你的关切，带着温度摇摆于记忆。
现实无法让我深信不疑，张皇会在每一个
盛开的花蕊中降临，疑虑你的到来是否
源自初心。鲜花曾是你擅长的礼物，
美艳中望见凋零，落寞，随其而至，
从此告别馥郁，在爱情漩涡中挣扎，
试图清醒，保持最后的独立，
在假想的舞台上拥有对抗的尊严。
薄情的世界，温柔取代鲜花的呵护，
为了担当素静的角色，怎能有一刻懈怠。
岁月冗长，生命之花甘美无敌，
爱的烈焰在每一个黄昏静静燃烧。

第 81 首

身心矫健的激情，在空中大肆喧嚷，
爱，从心的另一端，颠覆寻常的慰藉，
透过沉默传递。习惯了你的形式，
嗅着墙上白玫瑰柔弱的馨香，不再幽怨。
空气轻微的颤动，能让细敏的心
生出感恩的种子，那是你浩然修行下
情愫的暗香，浮动在午后的寂静。
习惯了用眼神，用微启的嘴角，
穿越灵魂交缠的光影，照耀天庭饱满的发际，
画风恬静，犹如天使霓裳，柔曼轻盈。
你的雄性隐藏在时光的岩层中，
铿锵屹立，只有抵御世间的巍峨，
才能靠近你，感受收敛时空隧道的爱欲，
冷静的外壳下充斥燃烧宇宙的能量。

第82首

以沉默的方式投送爱情，是你惯用的伎俩，
无声无息，将我少女的虚荣喂养茁壮。
施展梦幻般的玫瑰雨，飘飘洒洒，
一袭经典的月牙白揉碎世尘粲然，
以极致的色香驻扎驿动的心底。
翻来覆去，是白玫瑰风中的飘摇，
在黑暗的映衬下出落一身皎洁。
美，从天而降，玫瑰拼接的花网
披上雨露，弥漫知性的花语，
婉婉有仪，化作风，化作灵性的花卉，
化作遗落地面的星辰，纷纷扰扰拥向
爱伫立的方向。源于羞涩的慌张，
向后移，踩上玫瑰花瓣，一路扬起
黑暗的典藏，浓烈而缱绻的蜜意柔情。

第83首

砗磲，文静，唤醒一个温润的世界，
转动每一粒浮泛冰白的哑光素珠，
与其说把玩，更像触摸包装结实的灵魂。
雨，纷飞无序，日复一日地敲击感官。
红酒，慵懒，色香浓郁，伺立桌的边缘。
挂墙的木雕少女，推送巴厘岛原始的气息。
深情，尾随自然界每一个精美的笔触，
在藏品拥挤的甬道，飙升，又自由落体。
爱，躲在端庄的膜拜里，静静地张扬。
生活，被当作一层油画的底色，深陷混沌，
思念在叠打后亮出浮彩，金银闪动的光芒，
跌落在黝黑的雨幕中凌乱表达。
伪装成了习惯，无人相识的自娱中，
爱，抛开情调，成了唯一认证的标记。

第84首

长夜，有翻飞的意念，以穿越的姿势
从无极驶入，翩然落地。
没有先兆的情缘，在空中沉浮，
只有足够的寂静，才能诞生无量慧眼，
望见那片情海，敞开了又敞开，
等待千年的修行。然而你的平静，
永无变迁，跨过岁月冗长的掌心，
轻抚我漫长的秀发，宠溺的表情，
停留最初的方位，如此纯粹的目光，
过滤红尘，陡然生出颤栗的灵火，
照彻迟疑。浪漫无休的幻想，
随温存的角度，害羞地四处躲藏。
不变的凝眸仿佛具有魔力，穿透两仪四象，
点石成金，将周遭渲染出神性的光芒。

第85首

温儒是美化的遣词，无论你憨厚的身影
移过怎样曲折的路径，柔弱的风一直
从山脚飘扬至山顶。一千种希冀向着你
温婉的面庞，出没在日月的裥褶间，
收拢又撑起。即使禁闭暗室，
你也会自带魔法的光源，变幻星座。
所有外化的美都不再属于你的武器，
用来俘获我的欢悦，你以压倒一切的气势
环绕我，揉挪情话的边界，
怜爱的眼神，永远保有绅士的气质。
成熟的做派，安抚永不饱和的爱情。
言语伴随年华流转，妖娆潜行，
留下的，只有一种温度。你的专注早已
定格刹那间的绽放里，温暖始终。

第86首

炎热，丢弃在银光闪耀的路面，
铺陈出浩荡的画风。漫无目标的行走，
像被施了魔法，灌注抵御外界的能量。
所有的符号，在烈焰的笼罩下曼妙，
每一具游弋的身姿，每一种素静的表情，
都仿佛陈述着爱，悱恻缠绵。
蒸气包裹险情，氧分岌岌可危，
爱，稀释负面的氤氲，从娇小玲珑
的身躯里焕发极光，竭尽所能地散播
无限波长，以无形的方向侵扰思念。
你的声音会突然在我的前方停顿，
待我俯身倾听，爱语又似飞舞的花絮，
移动着，弯曲着，在我周遭忙碌，
俨然在布阵，形成一个浩瀚的引力场。

第 87 首

沿着同样崎岖的山脊，陡峭的石壁，
树叶在反复叠加中遗漏光束，
诧异的美流动着，攀越层次分明的植被。
光线整齐划一，选取优雅的角度，
兀自排开，在森然的背景下持续散发
绿发晶般的光芒。身旁的你，
一如既往地柔和，承载深山密林的气息，
覆盖喧嚣，遗忘时光的迁徙，
一袭洁白的青春吻过日月星辰，
醉得不省人事。梦境，空无一物，
掀起晶莹剔透的光帘，只剩了你的委婉，
尾随无情的花落，灵动依旧。
你含笑的目光，稳稳地将我推送在
由爱心铺就的山路上，永无清醒之日。

第88首

一边是极致的爱，一边怀揣卑怯，
唯恐闪烁的电光只是幻觉，
耽虑四季，从微笑到沉默的背脊，
总想揣摩出不为人知的奥秘。
借助诗情和深深的自恋，尾随你，
在你生存的半径里，扫描我的位置。
害羞的天性，即便有你的眷顾，
也难改初衷。心，留在最初的晕眩，
心悸所抵达的海底隧道，终日不见阳光，
甘愿禁锢于一道道真爱的咒语。
僻静的世界，有白玫瑰静静盛开，
黑色铮亮的衬托下，表诉惊艳。
被一再照亮的灵性，沿古旧的河道，攀升，
追踪你的波澜，在爱的潮汐里沉浮。

第 89 首

桂花的馨香，仿佛具有渗透灵魂的魔力，
源源不断地将浓郁的气息灌注，
从每一个毛孔进入，抵达核心。
痴迷放下警觉，飞升温润的双眼，
柔软，宛若你的胸怀，将我小小的身躯
圈养在无时不刻的宠溺里。眼神不会老去，
黝黑酝酿你的豪迈，春华秋实，
无声的誓言，每日喂养我的养分，
以千变的方式传递。从未设想，
沉默可与日月较量。当花样的浪漫
淡出视线，你寂静的表达踩踏着
岁月的节奏与日俱增。香氛之中，
华美都省略了，仅让眼睛收留彼此，
两具干净的身体和交缠的灵魂，向爱而生。

第90首

为你，我愿意一生美丽，穷尽生命的
每一滴琼浆，来滋润红唇，芬芳心境。
为你，我远离繁华，徜徉孤寂的松林，
飘忽的磷火也不会让我迟疑而畏惧，
只因爱焰温暖了岁月每一段间隙。
为你，我停下步履，倾听缥缈的笛音，
从天上落地人间，植入迷失的眼神。
为你，我每天小心翼翼，在暗处自省，
关照灵魂在烟火缭绕中自由飞升。
为你，我颠覆慵懒，在每一个黎明洗礼。
为你，我放弃信条，将嗜命的创作无限延期。
你温暖的注视，早已融化我执着的灵性，
僵硬的身躯，也在你一路感召下
臣服，窒息中成就一道婆娑的风景。

第 91 首

你熟睡的姿态让我联想起天使的表情，
与世隔绝的宁静，在空中拉起一道
绝美的屏障，阻挡外界探视。
聆听呼吸，像欣赏一幅圣洁的油画，
每一处粗犷的笔触都联接你的思想，
细节，被勾线笔营造得万般细腻，
又昭示蛰伏的温柔，堪比女性美德。
刚柔并济的气息缠绕呼应，
黑暗中，描绘出截然不同的画质。
俯视，并不妨碍心的崇敬，
角度在一次次完美的叹息声中忽略，
却毫不犹豫地指向高贵的天坛，
坠落的是心，升起的是你，
真性且扇动挚爱的天使羽翼。

第92首

随着音乐颤栗，哭泣也无心，
只有自己才明了泪水终极的意义。
驱赶所有的约定，将心归零。
爱，已经爱了，就像一场永无限期的契约，
盖上一生的诺言，将幸福抵押。
对你，我毫无保留，任你的视线触及
最脆弱的伤痕，也不顾及嘴角的笑意
将自尊灼伤。平常的起居，怎可能
只有玫瑰的贡品，呈现初见的惊喜，
我会秉持镇静，承接你阴霾的空气。
注定的伤感，行走于诗意的琴键，
孤独中我将结局设想出无数版本，
一遍遍咀嚼。在自编自导的苦情戏中，
每回都截下真剧情，告诫自己，别太依恋。

第93首

很难想象还有爱，除了面对深情的你，
没有甜腻的声线，没有鲜花的陪衬，
望过去，只有厚重的背影，在旷野疾行。
两颗如此相似的心，内存已满，
再也容不下后续的碎片。心的轨迹，
只有一个永无变更的方向。磁盘，
刻录的只有一个人的记忆。从不愿清理，
听任你的文件堆积如山，也不想释放
贫瘠的空间，让新的抖音替换昔日视频。
爱，如此简约，单调的主题从黄昏到黎明，
桌面每一个字符都渗透忠诚的痕迹，
所有共同的记载都化作风，化作旋律，
高调地回荡在黑云笼罩的心空。相爱，
成了余生彼此的呼吸，再也无力独自挣脱。

第 94 首

美总是那么相似，与痴情的心相怜，
玫瑰无暇，至今芳菲袭人。
遗世风华，粘连童话般纯净的画风，
城堡里盛开的玫瑰铺陈明媚的路径，
在流转的梦里，醉得不省人事。
只有长情通达爱语，馨香缓缓道来，
不急于将最深的情愫告白天下，
待宁静的身姿漫不经心地恬卧，
清风撩起满地羞怯，迟疑，不忍惊起。
曼妙的今世，白玫瑰叨起爱的幕帘，
缘起的刹那，屏息，在精致的相思里
无限伸展胴体，与时光共眠。
守住一地芬芳，守卫城堡的壮丽，
纷纷扬扬，佐证一段永不疲倦的情缘。

第95首

以诗为介，与你的生命链接，
这隶属我的方式，以不变的忠诚，
在漫长的岁月中踏步前行。与梦无关，
与现世的笑靥无隙，爱揉碎了再膨胀成
你我应允的样子，从肩头跳至肚脐，
依顺导引的真气，一道存藏于丹田。
思念沿虔诚的手印伸展又聚合，
舞者无心，却将密码遗落红尘，
等待开悟。宁愿相信三世的错失，
也不愿颤栗在你我跟前削弱，像所有
惯常的姻缘，再情深浓烈也将回溯原点。
不，我害怕千篇一律的模板，害怕凡心
失却灵敏的触角，即使蛰居冬日的草原，
也要鞭笞我的心，以诗的凌厉横行你的世界。

第96首

画面如痴如醉，经不起回忆，深恐美丽
在凡尘的情绪里走失，一向高高在上的圣像
端坐纯色的云邸，赋以出人意料的色彩。
烟火迷离的灰幕一再渲染天空，
得不到呼应，单纯的基调像是
被浓浓加持的灵符，明天耀地。
爱，被神化的寓言，诞生了再诞生，
除非情感冻结于冰川。心在黎明前
删除所有的文字，清空囤积多年的背景，
一意孤行，将永远的誓言刷新。
真爱，输入开机的密码，从天门步入人间，
拨开层层锁链，勇敢奔赴。谦卑的意志，
隐没于华服的衬托，委身营营市井，
有神在暗自庇护，爱在熙攘中呼啸。

第 97 首

是爱，不是雪，正漫天飞扬。倔强的阵容
在天上冷静排开，肃穆地穿越层层雾霭，
没有风雨能够阻挡浩荡的宣言。
纯净，义无反顾，从天上一路俯冲，
接近地面的刹那，却换了容颜，
战战兢兢的仙姿婀娜着，羞涩的格调
为每一处亲昵的植被披上白纱。
一场梦幻般的洗礼在黑夜隆重举行，
只有寂静为寂静做伴。瞬间，
白色成了主宰世界的旋律，只有冷月
在静静俯视，为满地的洁白描金。
冰雪弥漫着暧昧与坚定，宛若一场
酝酿太久的恋情，终于抵御不了内在的涌动，
换最冰冷的形式来拥抱沸腾的岩浆。

第98首

再一次走过，由岁月和习惯铺就的山路，
熙熙攘攘的人流，标明被欢迎的程度，
暮色阑珊，黑暗挡不住压抑的情愫。
浪漫的风一刻不停地旋转，怀瑾握瑜，
从山麓吹往山顶，向万众瞩目的亭榭聚集。
所有树林的峥嵘之气固执地、毫无悬念地
向上奔涌，宛若莲花般托起世俗的心愿，
一层层，给飞升山脊的灵魂灌顶。
爱语，四处奔走，封存了又打开，
深情无法躲避，搂着山间的迷雾，羞涩眉低。
每一级青石台阶，都听得懂步履的缱绻。
每一棵参天古树，都看得清明眸的暗恋。
爱你，无法开启的声线，藏匿沿路的风景，
随张扬的峰巅，依旧沉默在明媚的笑靥。

第 99 首

究竟是怎样的执念，让人痴心美丽，
我活得艰辛，小心翼翼，唯恐岁月的残忍
偷换紧致的肌肤。为了不受污染以减损灵性，
我刻意避开每一次繁华的诱惑，
只为营造一个与世隔绝的桃园，
日出而作，繁衍修行。四季苍茫，
我监视自己，在每一处时空停滞的当下，
想象你第一次对我深深的注目。
随镜头的切换，我今日的容颜还能否
清靓如雪，依旧激起你颤动的心悸？
我是如此苛求自己，为了永不褪色的爱情，
每天都与生活每一个放肆的镜头较劲。
我不苟言笑，含蓄拘谨，对路边的花草谦卑致意，
而眼泪是惯常的仪式，飙过唯美的生命。

第100首

有时也会疑虑，为谁，活得如履薄冰？
敏感的心，从冬季浪漫至夏季。
爱，沉睡着，呼吸均匀，夜色从容。
泪水，会不由自主，挂在黑暗寂静的心跳里。
睁眼，听身旁不变的韵律，从忧郁唱响至
开悟的瞬息。你，甚至不懂我的深情，
仿佛艰深的诗句是上世纪的颂歌，本该献给
不食烟火的情人。面对血泪铸造的诗篇，
你露出憨厚的微笑，耗费我所有的尊严。
爱，呈现得如此彻底，爱你，信仰般坚定。
我本该流浪一世，将所有的激情漂泊在
江海湖泊、崇山峻岭，然而自从遇见爱，
骄傲，犹如一场上演至尾声的剧目，
完美地谢幕，此后终身沉沦，只为伊人。

图书在版编目（CIP）数据

真爱：自由体十四行诗 / 林和凡著. -- 杭州：西泠印社出版社，2018.11
ISBN 978-7-5508-2548-2

Ⅰ. ①真… Ⅱ. ①林… Ⅲ. ①十四行诗—组诗—中国—当代 Ⅳ. ①I227

中国版本图书馆CIP数据核字（2018）第249815号

真爱 自由体十四行诗

林和凡 著

出品人 江 吟
责任编辑 周小霞
责任出版 李 兵
责任校对 刘玉立
装帧设计 戎选伊
出版发行 西泠印社出版社
（杭州市西湖文化广场32号5楼 邮政编码 310014）
经 销 全国新华书店
制 版 杭州集美文化艺术有限公司
印 刷 杭州宏雅印刷有限公司
开 本 889mm×1194mm 1/32
字 数 28千
印 张 3.375
印 数 0 001—1 000
书 号 ISBN 978-7-5508-2548-2
版 次 2018年11月第1版 第1次印刷
定 价 66.00元

西泠印社出版社发行部联系方式：（0571）87243079